田园晨歌

张梦薇 著

中国出版集团
東方出版中心

—— 卷首语 ——

关于文学的美丽

关于纯真的憧憬

关于理想的春天

目录

夏果集

自由歌

晨星集

吟歌集

花季是用来绽放的

蔡世平

不久前在媒体读到一句话，“青春是用来奋斗的”，觉得有些意思，于是克隆过来，做了这篇小序的题目：花季是用来绽放的。

我喜欢这句话，是因为近日读了张梦薇诗集《田园晨歌》打印稿后，确有一种生命蓬勃展开，青春恣意绽放的感觉。这种感觉又诱使我产生了去探寻一下人的生命过程与生命走向的一些想法。

我以为，人的生命可以概括为三点，即“起点”、“燃点”与“终点”。“终点”，即生命的终结，它归于寂没与空无。探讨它似乎没有必要，但这种生命的“无”，正是生命的“有”。一个生命终止的那一刻，也许正是另一个生命开始的那一时。它是一个大题目，是可以做成一篇大文章的，但与此文无关，在此不叙。我这里只说生命的“起点”与“燃点”。

“起点”，当然是生命呱呱坠地的那一刻，抑或父母灵与肉的那一次碰撞，生命由此形成。人的生命“燃点”在哪里呢？毫无疑问是青春成熟、爱情萌芽的那一刻。区别生命的“起点”与“燃点”是有意义的，可以帮助人们很好地去理解生命、发现生命、完成人生的美丽过程。

人，大概由两部分组成。一部分是显形的，即人的身体；一部分是隐形的，即人的爱。人，从出生或者说从孕育生命，胚胎形成的那个时刻起，身体在发育，爱也在发育。但是生命的“起点”之爱与“燃点”之爱，又是不同的。“起点”的生命之爱，是人生存本能的爱，是爱自己的身体。这种爱带有极端的个人性，我把它归结为“小爱”（其实也是人类繁衍的“极大之爱”）。“燃点”的生命之爱，是爱自己，但更爱他人；是爱自然世界，爱人类社会的“博大之爱”。只有当“博大之爱”产生并且形成的时候，人才完成了对于自己的生命塑造，人类因此才出现文明社会。

由此我们可以发现，生命的“燃点”是一个人的青春仪式。它如春花展开，绚丽多姿，热情奔放。由此我们还发现“燃点”的生命之爱如何，往往决定一个人的精神气质，也决定一个人的生命质量与生存走向。

好了，绕了一个大圈子，再回过头来读《田园晨歌》，就比较容易进入张梦薇的情诗世界了。

《田园晨歌》无疑是张梦薇的青春仪式，当然也是张梦薇的青春宣言。生命看上去是一个缓慢的生长过程，但在某些时间节点上，其实它是梦幻般地、几乎毫无知觉地、闪电般地就跨过了一道门槛。张梦薇，这个十六岁的花季少女，这个大上海的高一学生，仿佛突然之间打开心灵之窗，发现了人生的秘密和天地的秘密。她睁大一双好奇的甚至是惊异的眼睛，打量起这个世界，而时代和家庭又为她提供了甚至可以周游列国的现实条件。这时候，地球真就成了她的村庄，“国家”也不过是她随意进进出出的“菜园子”。年纪轻轻的她到过许多国家和地区，以目光和想象幸运地当然也是幸福地耕耘起自己的“田园”来，这是何等的浪漫与风雅。在这里，我似乎觉得“田园”是一个隐喻，是张梦薇为我们建筑的一个当代青春版的“桃花源”。当然不管这个“桃花源”与现实有多大的距离，但张梦薇以“爱”为精神基石的建园“思想”（也许只能用“想法”），对我们今天这个还存在不公、贫穷、污染、不安、恐怖等诸多不如意的世界来说，无疑是一剂清凉、一个安慰与温暖。当然《田园晨歌》也应当成为以老成、持重为主要审美取向的时代重新打量当代年轻人的一个理由，以便让更加慈爱的、宽容的广博胸襟，去伸展年轻人的梦想。

青春之火一旦点燃，就会不可遏制地释放出巨大的热量。这个世界对张梦薇可谓关怀备至，因为，上帝又给了她一支五彩画笔。在张梦薇的“田园”里，世界是如此的神奇和美好，生命亦是如此的神奇和美好。没有什么力量能够阻止一个生命的青春脚步。

张梦薇任性地、尽情地书写了在寥廓的天地之间，当然也是在青山绿水的“田园”之内，一个个体生命的若干瞬间感受。于是我们享受到，在戈拉岛的蕉园里，“飘满香草的回忆，在我的身体里长开了”（《戈拉岛》）；在热那亚的夜晚，“我的身体似一团活水，在微风中游走，在草地上颤抖”（《热那亚的夜》）。乡间“空气清新，阳光灿烂”（《乡间》）；春天“白云朵朵，林阴如墨”（《春天》）；早晨“芬香如歌，幽宁如河”（《早晨》）……在《田园晨歌》里，常常看到年轻的诗人“提着梦的篮子飞梭，朝着晶色的果丛走去”（《采果》）。张梦薇的“桃花源”，是多么的令人神思，意欲前往啊。

把生命的瞬间感受，或者说心灵的岩浆喷发，凝固成色彩斑斓的文字，是张梦薇对这个世界的青春贡献。张梦薇让世界走进了她的“田园”，这是人类的一件多么愉快的事情。

“繁星哪！是天的眼，是眼的天”（《繁星》）。“为了仰望先知，我来到这山顶。为了仰望星空，我来到这海边。……六月夏风，飘满天涯。灯塔如焰，指向曙光……”（《我仰望星空，我俯瞰大海》）。在《田园晨歌》的大部分篇章里，诗人放飞想象，放纵才情，文字亦如朝霞初升，灿然流淌。但在这些诗里，诗人又能节约笔墨，控制文字，这是难能可贵的，由此可以看出张梦薇的诗人潜质。张梦薇坚持创作，多读多思，以当代青年的宏阔视野与精神向度，既吸收中国古典诗歌的艺术营养，又学习西方文学的表现手法，相信会一步一步走向成熟。

以上了年岁人的眼光指出《田园晨歌》的不足，

是不合适的，弄不好会有卖弄之嫌。事实上，在张梦薇的作品面前，自己只会感到想象力的空泛和才思的匮乏。面对着今天快要被权力和金钱压弯了腰的社会，从某种程度上说，张梦薇天真烂漫的写作是对时风的一种校正，尤为珍贵。捧读《田园晨歌》，如果能够静下来，沉思一会，便不难发现：人类正是从这里走向光明的。

2015 年 8 月 30 日于补月楼

〔蔡世平，国务院参事室中华诗词研究院副院长，国家一级作家，著有《南园词》、《南园楹联》等多种〕

夏果集

我带着我的晨歌来到古老的热带

——北海

采果

慈爱的大月照耀在头顶，
她朝着我慢慢走来。
我提着梦的篮子飞梭着，
我朝着晶色的果丛走去。
呵，这些微微睡的种子啊！
如黄昏不舍合上华美的翳，
有莹黄的光束忽闪忽灭。
夜色遮掩着，他们轻跃着，
如小小的草叶般灵动。
于睡意未消的早晨，
我也曾抚摸过充溢着日月之光的秋果。
于烟雨婆娑的午后，
我也曾采撷过飘满草香的夏果。

可我依旧提着梦的篮子飞梭着，
我朝着懒懒的果丛走去。
静宁的大星闪烁着，
轻吟出灵快的伴奏。
静宁的大星闪烁着，
轻吟出灵快的伴奏。

戈拉岛[1]

我于清晨之时来到蕉园之中。
太阳般健美的鲜蕉对我大笑不止，
勤劳的园丁用云霞般清澈的水予之沐浴。
我于清晨之时来到大海之边。
波浪宛若年轻的姑娘那样轻唱，
再以温腻的手臂带给我奢豪的珍珠。
我于清晨之时来到小径之间。
年轻的王子吟诵着戈拉的诗篇，
从马车中传来，
从歌台上飘起令我心醉。
我于午后之时来到丛林边缘。
郁雨急雷，繁花盛放。

如夏果那样丰沛的雨点于鲜花的酒靥之上翻涌着，
热带地方的空气清新若沾满晨曦。
夜来了，我于傍晚之时往另一个方向。
飘满草香的回忆在我的身体里长开了，
我感到通体凉爽，通体喜悦。
让我在欢欣之中走去，
让我提携着梦的银杯睡去，
让我渐渐没入那美妙并有船夫晚歌的黄昏。
我还有下一幕戏去看，
我会赶在夜幕初绽之前到达那里。
我静宁地坐在岸上，
待星光赐我手镯与银翼。

当如诗人皓齿般银白的月悬挂在高空，
我知道许多小小的纸船会浮泛在静宁的海上。
我知道那是戈拉带来的，
我会为之充满泪光，
我知道的，我知道的。

① 戈拉岛：戈拉为作者对泰戈尔的昵称。东方诗圣泰戈尔（1861–1941），印度诗人、作家，1913年诺贝尔文学奖得主。戈拉岛是一种对泰戈尔作品所表达的理想王国的向往。

飞去

快飞去，趁溪水还有灵感的食粮。

快飞去，趁雨林还在呼啸并欢笑。

快飞去，趁霞光还未收起俏丽的尾巴。

快飞去，趁乌云还未熄灭破旧的灯塔。

快飞去，趁知识的泉水还未被沉积的荒漠蒸干。

美静之国也将被饥饿的地主噬尽，

而现在是你最后的旅行。

快来到镶满金果的门首边，

迎接她的臂膀停泊在你的湖边。

花杯

我向苍天举起花杯，

迎接那溢满晨曦的乳汁。

我向夏天举起花杯，

接纳那饱如珍珠的露滴。

我向皓月举起花杯，

她用星星挚爱的光波灌满这朵漩涡。

我向黄昏举起花杯，

如睡眠之罩似的，

我的鲜瓣开始渐渐合拢。

我的花杯有许多，

有优雅的玫瑰和热烈的向日葵，
宛如地毯的金色花群和清雅平和的紫罗兰。
还有洁白的茉莉花洒落林间，
如一片白云飘浮天空。
我在小径寻觅花杯，
我乐于欣赏她们的眼睛。
我在雨中寻觅花杯，
我乐于倾听她们的欢笑。
我向苍天举起花杯，
迎接那溢满喜欣的洪流。

五月

我知道，夏热她终会来临。
黑夜的生命终将融进早起的晨光，
白昼总会在花间翩翩起舞。
繁花成簇的绿野用他芬芳的彩环吸引着少女，
一朵朵百合似的脑袋在丛中若隐若现。
溪水沿着园丁欢唱的方向跑去，
黄昏总在任意的山后张开臂膀。
寂静的夜和晨里，
让我在那青碧的田地里幽唱，
让我在那洒满星辉的草地里轻眠。
我愿把这鲜活的五月做成诗律，
让我屏息，让我屏息……

竖笛

那美妙的笛声常常流淌在黄昏的耳边。
有时像插着银翅的飞鸟，
有时像清风抚摸的海浪。
我的心常常为之流泪，
为之绽放成一捧充溢着蜜汁的鲜花。
今天，我又来到这熟悉的小径。
我静静地坐在夜的帷幕之中，
我的耳寻找着林边的动静。
终于，静宁的旋律从静宁的屋檐缓缓滴落。
她歌唱着少年男女的爱之蓓蕾，
如同那纯白如云的蔷薇震颤。
我的心就在那一刻凝结了，
如同破旧的货车急刹在山前。

我的血液像火一样沸腾了，

如同一条热烈的交响曲奔流在我年轻的体内。

我在完美的黄昏之中挣扎着，

因为那竖笛的美，

因为那爱情的花瓣迫不及待地绽开。

歌曲

我已经用诗节和想象拥抱了世界，
我已经是一条蜿蜒的溪并泻淌。
可我的嗓音微弱至极，
如绿叶吹倒的孱弱的风丝。
我不能表达优美的思绪与诗谣，
我只能在广袤的草原上安静行走。
一天，一只飞鸟停泊在我的身旁。
她听我讲了一夜的诗，并对我说话。
“如果瀑布唱出这些诗歌，可好？”
“她有无数水珠给予伴奏，定是优美的歌。”
于是她将我的诗告诉了山中瀑布，
告诉了山之夏风。
黄昏之时，

我听到了自己的诗被徐徐唱出，

我听到路过的工人纷纷回首仰望。

我的诗变成歌曲飘扬着，

成为枯萎之花蕾最好的养料。

我昂首阔步地继续奔跑着，

我在心中为这绝佳的歌曲歌唱。

情感

我的情感是仲夏清晨吸取的花汁。
我的情感是平和的寂夜，
和曙光划过天际的安详。
冬天来临，
繁花被北风剥光了衣裳。
而我的情感却从茫茫雪原上浮起，
在梦中的玫瑰园欢喜吟唱。

他

我知道，

他总在暮色深沉的时候歌唱。

歌声从璀璨的金霞里传来，

永远没有止境和边界。

我知道，

他总在流水潺潺的田园上冥想。

戴着花环的少女无法拨动他厚重的心弦，

如那夜空下专注谱曲的树叶一样。

我知道，

他总在新曦烂漫时觉醒。

群星唱着能使他安眠的歌，

一旦他们逃回月堡，他也就匆匆醒了。

他如歌，如自由，如光明。

他总是在子夜时分来到窗前，

在我少年时代的心中投下一个平和的影。

而我爱注视着他散发着星光的身体，

我爱他涂满智者光辉的胡子，

我爱潜没在日月追逐、昼夜相吻的世界。

祈祷

幸福之箭，

你要去哪?

你将射中谁的胸膛?

使快乐与曙光永恒照亮他的身体。

于最富有的城市，

总还有饥饿的角落和寒冷的房屋；

在最绚丽的花园，

总还有冬天般干瘪的种子；

于最和平的时代，

总还有星星战火偷偷地嗤笑并放肆。

我祈祷，

我祈愿幸福之箭惠及更多的平民。

我于霞光之中吟咏关于爱的诗篇，

我祈祷朝霞与晚霞把这声音带到远方，

一遍遍播放给疾苦的生灵。

天永远地亮着，

阿拉伯海浪热烈地喧响。

我祈祷，

我祈祷欢乐的洪流涌上每一处海岸。

当痛苦的人们奔向她的时候，

欢乐的宝石会从干涸的眸中泻落。

早晨

美谧的感情在清晨升起。

芬香如歌，幽宁如河。

她提携着曙波来到这时，

我推着装满银果的木车走在路上。

微睡的碧溪化为涓涓潺流涌入丛林，

如我的木车碾过泥土时的翻涌。

黎明在天空中遨游着，欢笑如花。

大颗大颗的白钻由齿间滑落，

我怀中顽皮的银果纷纷争抢。

轻快的碧溪喧笑着。

晨光散射铺满天堂与人间。

我怀中的银果争抢着白钻。

黎明她把黄金也奉献给了年轻的稻田。

白鸽

我每天在崭新的纸上写满工整的字。
我只涂抹着童画似的理想，
我不在乎这是否使热恋中的青年欢心，
使纯真的笑声从成人胸中迸响。
我把这些白纸交给美丽的白鸽，
期待她能送予浩瀚的大自然之中。
我期待月亮收到这些字并亲切微笑。
她宁谧唇间滚落着白珠，
那时婴儿般幼稚的繁星会以之为糖果而激烈争抢。
我期待悲伤的风会因这些可爱的字而焕发欣喜。
那时她愉悦的手会推送浪花奔跑，
宁静而爽耳的海声便涌及每一处堤岸。
我每天面对着大海，
吹奏湿漉漉的椰笛。
我梦见翱翔的白鸽如小小羽毛，
飘浮于高傲星天之中。

财富

我的家于霞光之中掩映着。

我每天与云彩嬉戏，

在高远无际前往学校的路上。

我的园子里充满了金色花与茉莉。

我时刻聆听着露水倾落花杯的欢笑，

当朝曦向着丰富的田园鞠躬献礼。

我居住在一抹梦似的浪花上，

我居住在天空之间，森林之边。

我没有真实且厚重的金币，

却有月光和繁花的光耀填满年轻的心胸。

我日日畅饮银河的溪水，

并永恒保持着欢乐迎托顽童的纸船。

我是个伟大的富人，我无可奢求。

海浪

一天，

一个吹笛的孩童仰着脸问高大的椰树。

“海浪，她从哪里来？”

眺望着更远的地方，

沉思的椰树摇曳起热浪。

“你欢奏古渔村里的传说，

她也奏乐海底的喧笑。”

“云有时落到地上，

便形成银汪汪的白沫。”

“风和雨吵架的时候，

阵阵咆哮把她抛到海边。”

“天真的孩子欢喜追逐着她，

因为那洁白如大洋洲的羊群。”

“年轻的姑娘常常围着她翩跹，
因为那耀眼如深海的珠宝。”
“她闪现在黎明时，辉煌在蔚蓝的昏霞。”
“她的来临使你闻之清新与心悦，
使一股希望之流直入你心，
使一朵折叠的花在你的身上展开。”
“你追逐着她，追逐着希望。
她是无向的船，她追逐着自由的家。”

繁星

繁星哪！

是天的眼，

是眼的天。

深夜

不要牵扯我，不要羁绊我。
我的身形已没入辽静的夜色，
融入南星普照的大地。
尘世的喧嚣，莫在我身旁叫嚷。
喧浪在一排排涌来，
形成一支和谐脱俗的交响之曲。
低矮的丘陵都已入睡，
只有丛林间的乐队悄悄演奏。
月光啊，在倾洒着天上的海水。
繁星抛泻着轻轻的睡意。

窗前

早晨，我推开笼着帘子的窗。

碧青的毯上，春天的金沫不息地翻涌。

朝阳借她的嫩蕊放射光芒。

窗前，窗前，我心之愉爽！

我欣赏并迎接鲜活的生气寄居于我之窗前。

早晨，我推开笼着帘子的窗。

我抛洒着清凉的井水，

我灌溉着春之骄色。

云沫

啊，西方！那云沫不息地朝你奔流，
如花海，似波浪；
欢愉的霞涛抖动着翅翼，
拂过蓬乱的云缕，泼洒着秋屑。
呵，充满力量的遐想来自高渺之处。
浩瀚的海洋亦只为托盘，
使庞大的天空高高耸起。
秋天的波光错行着，
犹如史丹利茂密的森林。
我展开臂膀，
伸向无边无际的天堂。

境

深沉的海铺满了天涯，
银浪波涌，犹如雪白的簪花。
啊，我爱沸腾的云雾和灵气！
我爱奇异的山峰与广袤的天海。
林边，
劲松虎啸，暮色微降；
星群护送着仙人赶来，
奏响广远无边的笙箫。

时光

太阳在西霞中怀念清晨。

诗人在暮色中怀念青春。

茉莉

那枝头上的茉莉颤抖着，
星光照引着她，
并轻吻那充满夜露的叶瓣。

蜗牛

阴雨连绵，
蜗牛在青草中漫步。
暗淡的云层似天空的愁纹，
伸展着的翅翼瞬然缩回狭小的怀抱。
可，小小的蜗牛，你还记得，
许多年前的夏季，
一个孩童正围着你赛跑？
繁密的雨点包围了大地，
夏树在风中摇摆。
他追着你永不止息，
在那远远的草中捧起了一朵茉莉。
挑着灯罐的女人沿着溪流蜿蜒，

晶莹的露与叶在雾中热吻。
可他永远静静地端详你，
就像端详贵族们新奇的玩具。
小河淙淙，
携着清鲜的泥土芬芳。
那孩童随着晴空远去了，
被风塑做月中的树影。

火车

四月已在落基筑巢，

大地从梦中吐出鲜蕊。

繁树在黎明中轻歌，

火车于林间穿梭。

山的波浪袭过，

它渐行渐远。

不久，花海退去，

它将摆脱双臂翱翔而去。

献礼

愿化作一缕清风，
将全世界的歌声授之于你。
愿化作一束雨点，
将你的歌声授之人间。
繁星成桥，
月光布满天涯。
愿涌涌涛声直上云霄，
为我传声于你。

诗圣

我爱戈拉之于一种美静恬谧的情感，
就如他对大海夜色的眷恋；
我爱戈拉之于向往葱绿田野的心，
就如诗圣热望着童年的恒河。

热望

热望，热望着童年的海岸。
那欢声笑语隐跃在顽皮的阳光间，
奔跑于蔚蓝的浪峰中。
热望，热望着童年的溪流。
那欢声笑语在匆匆的流水间轻吟，
犹如歌，沿着我的身体四处飞扬。
热望，热望着童年的山川。
那传唱着朴素之歌，
喧嚣犹如星辰之于大地的遥远。
孩提啊，那以纸为船、以海为泉的时代，
犹如热带地方午后的雨点，
使我贪婪享尽，
却又转瞬即逝！

自由歌

无声的翅翼在我的心尖振响，从无休憩

——北海

苍穹

我能折一只纸船送进你温柔的怀里么?

我能枕一尖落叶睡在你沉静的影里么?

无边的苍穹啊，你比大海还要辽阔、深沉。

每当飞月展翅云端，

你那宽广的臂膀将缓缓地延伸开来，

直到越过山岗，漫过天涯，

融入万物无声无息的合弦。

无题

清晨，你坐在窗前读我的诗，
读着我少年时代金色的梦想。
青春的我已化为轻烟，
在晨光与薄雾的交融间，
在树叶与繁枝的缝隙间，
窥视你快乐的面容。
我看见你钻进我沉静的梦了，
在一座鲜花盛放的园子里，
你逮住一缕微曦，摘下一枚果子，
摇落一树绚丽的彩荫。
就让繁花红润你的脸庞吧，
让你那灿烂的笑容映射出如金的霞光，
在跨越声与影的美静仙国里，
照亮通往彩虹的方向。

海星[1]岛

——总有一天我们会背上所有的梦想，
抛开喧嚣的灯光，去到那遥远的静谧之乡

当第一缕晨曦为小岛披上金衣，
亲爱的大海，我要到你那宽阔的怀中去，
到我梦中的故乡去。
在那笼罩着朦胧的面纱里，
轻漾着淡淡的幽香，
铺陈着软软的芳草，
海风一浪浪地把露水洒到岸上。
白天，阳光从树丛跳蹿到草丛。
洁白的花瓣披戴着灿霞，
我的梦在叶尖翩翩展翅。
夜晚，繁星闪烁着皎洁的明辉。
月光迷人的轻照里，

宁静的大海澎湃起来，
她使我畅想，
畅想着我君王自由的呼唤。

① 海星：张梦薇曾用笔名。

月夜

月光啊，请给予我一片恬静的梦。
让我徜徉在宁谧的幻想天国，
让我闯入一个广袤无垠的世界。
没有人羁绊我，没有人打扰我。
大地是一艘温柔的仙船，
载满破碎的“水银”。
沉睡吧，沉睡在高远的诗境！
我的心已插上翅膀，去亲吻富丽的云朵。
遥望吧，繁星已合上沉重的双眼，
贪婪地睡在凉凉的梦里。
但这里宽广无比，
万千生命仍在静静奔涌。
绚丽的微光漫天飞泻，
拥抱着我，拥抱着地平之线。

此时此刻，海的轮廓没有边界，没有声息。
明月是一个朦胧的晕影，
长眠于游云的波纹之中。
只有群山，屹立在大海深处沉沉咏歌。

致友人

时光是永恒奔流的长河，变幻无常，
巨浪把我们带到无数未知的角落。
孤独的日子里笼罩着阴霾，
心中却依旧光芒万丈。
无论狂风暴雨，日月沉没，
只要世上还有一片纯净的天空存在，
快乐而温暖的星辰就会照耀我们的心底。

热那亚的夜

我已坠入，坠入那遥远的星光。
你不要隐没啊，沉入大山深深的襟怀。
请忠诚地闪烁在我的头顶，
犹如安静的神灵，
让这儿没有喧嚣，也没有烦恼。
沉醉使人轻松，我的身体似一团活水，
在微风中游走，在草地上颤抖。
月满含喜悦地笑了，
落下大把皎洁的珍珠。
银白的小镇沉浸在宁谧之中，
我的心也萦绕着纯真，
永远散发着诗性与灵性。

繁星

我幻想繁星铺满苍穹，
如同一条镶满钻石的帘子。
我每天仰望幽寂的天河，
期待搭起一座座亮闪闪的房子。
我不是神通广大的上帝，
不能捣碎偌大的云朵，
使她们幻化作银白的光点。
还有高楼遮住月亮的眼睛，
还有冷风夺走星星的可怜的自由……
森林与大海才是她们的母亲！
而我的梦里，
飘浮着一片低垂的星空。
诗歌工匠乘船而上，
欣喜地抚摸一张张可爱的脸庞。

月怒了，调皮的群星缩回母亲的怀抱。
此刻，我怜惜地端详指尖残余的仙气，
屹立在闪着微光的梦海之上。

夏

来吧，倚着愈发浓郁的绿荫，
放纵慵懒的神经沉沉睡去。
恬静的夜给你浩瀚的星空，
让你那舒畅的思绪尽情飘浮。
来吧，让我们踏着浪花信步。
在清朗的天光之中，
丰盈的海浪会亲吻我们的脚尖，
就像幼儿亲吻母亲那般甜蜜依人。
来吧，让我们迈入笼罩着微光的波涛。
不一会儿年轻的诗人就会到来，
邀我们乘上载满夏果的梦船。
月光会随之飞跃，带我们潜入海洋。
月光会随之飞跃，带我们潜入海洋。

乡间

一条小河静静地流淌，
闪烁着轻而柔的波光。
两岸的古堡高高耸立，
似在迎接骑士英勇凯旋。
啊，辉煌都已过去，
法兰西大地这般宁静祥和。
山坳里蛰睡着慵懒的云朵，
空气清新，阳光灿烂。
我睡在大自然的怀抱中，
用竖琴抚慰感动的心灵。

我记得你的微笑

我记得你的微笑，
多么可爱，多么感人，
如瀑布般冲洗我的心灵。
我的心受到爱情的阳光沐浴，
萌发了优美的感情。
我记得你的微笑，
多么纯美，多么迷人。
而现在，我一人独守漆黑的夜。
没有喜悦，没有温暖，
只有你朦朦的记忆中的微笑，
在群星之间脉脉闪现。

春天

啊，温柔的眼波，明媚的季节——
让春风唱出的诗歌填满我高尚的心，
让溪水奏出的乐音流进我干涸的心。
蓝莹莹的天穹下，
白云朵朵，
林阴如墨。
空气里轻漾着芳香，
诗人在遥远的田野间漫步。

亲爱的

亲爱的，我将带你去遥远的北国之滨。
我和你沐浴着永不黯淡的晨曦，
银浪在我们脚下飞驰。
当你在微睡的凉荫下沉沉冥思，
光明从我的胸中绽放。
当你在黄昏的簇拥中轻声柔歌，
炽热而优美的诗章从我的指尖泻落。
我多么想见，
你温柔的波光在星空之下静静流淌。
新月展翅，
群山频频送来温柔的风波。
让我拥抱你羞怯却饥渴的心，
让我们在岩石背后热烈亲吻。

屋脊上微睡的新月与繁星

屋脊上微睡的新月与繁星，
轻轻地震颤，轻轻地呼吸；
凉风从地上吹到天上，
夜幕如森林般舒朗明亮。
近海之村是这样静谧，
这样迷人！
睡仙为她披上朦胧的纱，
像月儿躲在云朵的怀中。

拥抱

拥抱，海与天的拥抱，
月与星的拥抱，
袭入身躯的拥抱！
微风沐浴着浪漫的作家，
溪水在软软静草间安恬睡眠。
夕阳的柔幔里，
年轻的母亲抱着轻挂微笑的孩子。
大地慈爱的臂膀缓缓地伸展着，
拥抱着这黄昏一般的安详。

晨星集

那少男少女的情思，美若朝阳的心绪。

还有一些即兴喷薄的想象。

——北海

晚昏

炽热的鲜霞在天边燃烧着——
碧绿的原野于风中静息，
宽广的胸脯不时起伏。
丝丝云翳退回了山中，
失群鸟儿也在那时作响。
沉闷的林阴夜一般幽暗，
暗得散失着爱情的光芒。
眼前绿野却笼罩着微光，
轻得如你出现那般朦朦胧胧。
呵，心儿是多么忧伤，
犹似你模糊在漫漫灯光中一样。

金黄

亲爱的，你可知晓什么是美丽的金黄？
她是春之早花在枝头颤抖，
是夏之鸟儿在晨曦来临前喜悦的呼唤。
田野在夕阳的帷幕下轻睡着，
金黄便是她丰美的纱衣。
夜半，新月低吟着静谧的曲。
灵光般的金星就在那时闪耀。
亲爱的，你可知晓你也是这美妙的事物？
你的心就是这灿烂铸就的太阳。
希望之声从你的喉中迸响，
我的心也在那一刻明媚了。

你

傍晚过后，
我看着滑落的夕阳询问自己：
“我为什么这样爱你？”
“孩提时，你是我梦中一个模糊的背影。”
我抚摸着自己的心涛，
睁开圣洁的眼。
“少年时，你是一个美丽而熟悉的名字。”
“你是永不凋零的鲜花，
即使冰雪袭人的冬夜来临，
我也闻见你的芬芳。”
“你是纯美迷人的神，
停歇在一个笼罩着海风的岛上。
一天我的邻居旅行归来，
描绘那儿绰约洁白的影子。那就是你。”

“你是善良干净的天使。
许多年前粗心的月亮遗失了最心爱的小女儿，
她哭着向游云诉说的，那就是你。”
“你曾掠过我贪婪的眼眸，
我含着颤抖泪光怀念过你。”
“你是我一生的希望，
每当晨曦欢笑着流过天涯，
我就仿佛看见明丽的你。”
“你是谁？那两瓣玫瑰简直美得滴血！”
“我不能说你是谁，这是个秘密。”

给画家

我的画家，
我爱恋一位白云般明媚的女子。
你曾经见过她，
当月光抹亮了伟大歌手的美喉。
她是谁？你可还记得？
南方星天般迷人的眼眸驱灭着胆怯，
就像露水闪耀在静谧的山谷。
她有雪白的皮肤令人遐想，
故乡的浪花撞碎在沙滩上，
飞溅的水沫没有那般纯洁。
我的画家，你快提笔。
给她一个朗丽的微笑，
给她一袭薄纱缠绵柳腰。
仿佛歌声四周流泻，
我已匍匐在你空荡的画架下，
向圣洁的女神含泪献吻。

无题

你的船去了哪儿?

你曾到遥远的仙国旅行，

给我带回春草般馨香的鲜果和托满晨露的夏花。

夜晚，我坐在长满星星的窗前。

你就在那时讲过船长和巨人的故事。

今天，我希望你靠岸在那座北国的城市。

早晨，你乘着马车在开阔的原野上散步。

珍珠球在丛中闪烁，

你一把把抓起，

作我未来的嫁衣。

黄昏时，你在微风的怀中静静读书。

一朵漾着夕光的小花欢快地在枝头舞蹈，

那仿佛是我对你微笑。
白昼退去了，
夜蒙上幽蓝的纱。
一些神仙在林间聚会，
几个仙女在湖中洗浴。
你会孤独吗？
你会羡慕他们的欢笑？
我在金盒子里藏了一卷小诗。
你默默念着，
我便来陪你信步。

夜船

夜船来了，夜船来了。
巨大的百合在风海中翻涌，
清凉号角从神秘的国度飘来。
那些胡须黝黑的诗人弹着七弦琴，
散向掩着星光的海岸。
戈拉，他们会有什么故事与宝物?
是雪地王子和闪光鸟亲吻?
还是月光般莹澈的钻石挤满了兜子?
戈拉，那些大人都已攀上了船舷。
我也提着星星灯，
爬上一块深沉的海岩。
在那里，高远空灵气息照耀灵魂。

永远凝静了神圣与智慧，

并且永远没有暗夜。

仙界群星抖落着光。

诗哲泼溅着心湖，

奏响真理的天笛。

诗哲泼溅着心湖，

奏响真理的天笛。

圣诞颂

平静的光浅照着祥和的小镇，
唱诗班就在那时来到广场上，
和着诗人的琴轻柔曼歌。
教堂和城堡安睡在上帝的怀里，
壁窗上闪跃着温暖的光。
轻谧树丛裹着银白的华服，
北风化作美妙的铃。
告别家的炉火，我有了眼泪，
也有了希望。
亲爱的，
我这就去你的国度拜访。
你那儿也和我一样，
有圣洁、感动和感情。
愿永世静美和谐。
愿爱情善良纯洁。

阿尔卑斯山

乳白的云在山间轻睡着，
灿蓝色的天闪耀着光。
垂满墨果的碧树伸展着翅，
不时吟唱牛奶味香甜的歌谣。
清澈的湖梦一般美，
顺流而下，
轻巧的小屋围满了水草。
琴啊，闲散的木匠拨响的琴哪！
潺潺的和静的流满了心河。
纯洁得如出浴早霞一样；
温柔地善良地流满了心河，
恬美得如烂漫童年一样。

女神

我与婴儿同时降落在这个世上，
初生的阳光照耀着我柔软的四肢，
我心中的小林也就在那时开了。
我与黑夜是仇恨的敌人，
当我用爱之光束碎灭他高远的城墙，
茫茫草原射出溢美的毫。
微风在平原上信步，
鲜花在田野颤抖——
我伸出轻柔的手触抚着大地，
我感到我是众神仰慕的仙女，
河流也围着树丛为我欢唱。
主啊，我的力量是如此无穷！
东边天中的摇篮不断倾洒着霞彩，
我的母亲不停向我祝福。

主啊，这世上有无数人崇拜着我！
瀑布用琴声吟颂我，
教堂用钟声庄严我，
诗人挤着墨汁赞美我。
我被融入千千万万的世界，
千千万万的世界爱慕我。
我是神，我是爱，我是晨曦与希望！
我是黎明，清晨雾中滑落人间的阳光。

即兴

俄罗斯的夜晚是那样静谧，
月亮驾驭着星车遨游在平原上空。
广袤的绿野，火苗般的村庄……
银白的云浪幽雅地划行着，
不时揉揉寒雾沁透的睡眼。

仲夏

当金色花在风浪中颤涌，
大平台上盈满她的歌唱，
我的眸中泛满白昼阳光。
当灵动的云朵予以她亲切的呼唤，
夏花托举着漾满嫩露的酒杯，
我的口中漫溢着甘甜。
当一盏盏幽雅的灯升起在笼罩着微光的村落，
年轻的诗人吟咏着静谧的歌，

我的心中充沛着伟大的灯塔的影。
这是什么缘故?
是快乐女神对我特殊的眷顾?
不，那是我热切着仲夏，
我热切着自然。
我热切着夏果般丰硕的诗，
我热切着清新与草香。
我热切着平和与恬静。

星辰

仙女坐在银白的云朵里，
撒下破碎的星光。

吟歌集

这是在我沉重脚边泛起的温柔波浪

——北海

生命·四季

啊，我爱变幻莫测的四季，

我爱太阳害羞时赧红的脸庞。

请允许我为她礼赞，

让我这爱之诗篇永远在她的草地上燃烧。

春

快来这百花园，

快来这喜悦与活力最爱的地方！

不要胆怯啊，

群山虽高大得好似威严的巨人，

可他却有宽厚的臂膀，

大海般将你拥入明丽的怀中。

抬头看看四周吧，

平缓的山丘上镶满五彩的钻石。

微风吹醒花儿的心，

光浪大笑着淌过草河；

绿树化作慈祥的母亲，
目送活泼的小溪奔流渐远；
隐隐间，那潺潺水铃似是诗人拨响的琴声，
黎明冲淡夜色般洗涤着你烦躁的心。
来吧，尽情拥抱美丽韶华吧。
让阳光驱赶寒冷，
让春风抚摸你干涩的眼睛，
让飞鸟建造一座爱之暖巢。
那天空就像一汪透明的湖水……
折射着，折射着你心中鲜艳的蓓蕾。

夏

葡萄藤攀上了诗人的窗台，
茉莉花杯的晨露在翻涌。
热烈的黎明之手轻轻挥来，
各种清香的气味在那时飘散出来。
遥远的绿野在阳光下轻眠着，
好像远方沉静的海微微地蜇伏。
失眠的晨曦在轻盈晨雾中幻化着，
稚嫩的鹿群沿着河流吟唱。
戈拉，我要沐浴华丽月光的水尘。
戈拉，我要畅饮融满浅浅日光的圣洁之溪。
启明星，水宫，无限的光华洒满了草坪。
夏日的乐泉就这般快乐泻落。

秋

大自然困倦了，

正如年轻的姑娘终有凋零的清晨。

花园不再鲜艳可爱，

高傲的繁叶垂下了美丽的头。

华美的地毯一层层铺陈起来，

贵族大人缀满宝石的衣袂喜爱她的雍贵。

一年年，一次次……瑰丽的稻浪在田间颤抖，

失鲜的空气抹干了河流的歌声。

富丽的鲜花渐渐地枯萎，

动物不再喜悦嬉戏。

大气的胸口紧压着华光满面的平原，

我听见大自然沉甸甸的呼吸，

我看见她衣袍上模糊的血迹。
炉火在农家的窗口跳跃着，
阴郁的雾匍匐飘来。
炉火在农家的窗口跳跃着，
阴郁的雾匍匐飘来。

冬

嘘……伟大的世界沉睡了。
善良的苍穹为她盖上苍白的厚被，
静视着泡沫堆积起的旷野。
童话中的鹅毛铺天盖地撒落，
如同银屑，如同诗神之泪。
树和草成为雕塑，
就像广场中央伟大诗人的纪念碑一样。
高高低低，紧致或错落……
奄奄一息的溪河绝望地看雪花飘零，
奄奄一息的诗心绝望地喘气。
冷寂的月光默默抽泣，
就在这寒雾笼罩的白原之上。
只有一处渺小的木屋里，
闪烁着感情高尚的微光。

森林

古老、神奇、浩淼的森林！

绮丽、丰富、爱情的森林！

诗人、动物、梦想家的森林！

忧愁的云层聚集在巍峨的峰顶，

高大茂密的森林安息在寒风之中。

瀑布从高高的悬崖喷射，

春溪在阴暗拐角处潺潺作响。

吹笛的青年将美妙的音符注入溪水的喉咙，

晨光就在月皇打盹之时爱上了会唱歌的绿神。

森林，你屹立在天地之间。

我攀过长满苔藓的岩石，
墨绿的兵阵傲然在雪山之边。
森林，你的呼吸清越空灵。
皓白的星群挂满天涯，
沉沉起伏如河马喉头的震颤。
这儿还有富于想象的守林人。
他们是诗人，他们日日夜咏的，
是巨人与公主在这丛间的佳话。
清晨般灿烂的微笑守候在僻静的路上，
来自城市的子民会在那瞬间释然。
春水缓缓涌上笼罩着荫香的林岸，
天使拨弄着七弦琴欢吟轻歌。
孕育着，幻化着，宁静着……
森林不会言语，
却拥有这世上最伟大的美丽。

爱

晨光以新浴早霞灌溉了田野，
爱意便在那时散发出现。
爱在明亮的鲜花间弥漫，
欢乐的乐曲依恋着嫩绿的音响。
河流、溪水、闪光鸟、大气……
爱欢喜一切迷人的事物。
在春天沉睡的日子里，
爱的微光依旧闪烁丛中。
我期盼爱，因为爱是太阳，
轻盈的翅光暖化我的心情。
我爱缪斯，因为她唤醒我心中的蓓蕾；
我爱月光，因为她给诗人慰藉；

我爱阳光，因为她给病人笑容；
我爱春天，因为她是粉香的婴儿；
我爱夏天，因为她是热烈的少年；
我爱秋天，因为她是丰富的中年；
我爱冬天，因为她是美丽的重生。
我期盼爱能贯穿我的生命，
那样快乐就会眷顾我的灵魂。
我期盼爱能充满物欲的世界，
那样善良的感情就会幸福人类。
我是爱的使者，
银行家的钱币换不走我怀中的金苹果。
我是爱的圣徒，
我要在亚历山大的河畔建起神圣的教堂。
爱仙会保佑我弱小的身躯，
因为我有强大的心灵。

意大利

我爱意大利，就像群山眷恋远逝的溪流。

我爱意大利，就像亚米契斯之于勇敢的都灵。

我爱意大利，她是从地中海面升起的骄阳。

我眼前的意大利，

是朴雅的楼房和高大的古堡。

广大的都市绚丽得似花，

歌声飘漾在洒满阳光的窗台。

蓝海、山脉、港口……

一切明亮的事物照耀着欧洲的双脚。

意大利，

你是但丁的故乡。

那诗歌之光惠及了无数河流，

不知疲倦的七弦琴日日夜咏着伟大的人民。

意大利，

你是达芬奇笔下富丽的天堂。

大自然在晨曦里微微起伏，

宁静的田中漾着麦浪。

城市显得那样春意盎然，

温柔的母亲轻抱着甜蜜的婴儿，

窗外传来铁匠的喘息。

年轻的士兵打磨着水晶般的刀剑，

欢快的树叶在头顶舞蹈。

意大利，

那蔚蓝的海岸和高雅的喷泉！

波河静静地流泻着，莺歌燕舞，虫鸣蛙跳。
将来到世界各地去旅行，
那些雄伟的大厦和璀璨的纪念碑必会溅起记忆的波涛。
那宁静的阿尔卑斯山，
那逶迤的湾流，
以及那触抚我脚尖的朵朵浪花。
那是少年时代使我心遗落的地方。

戈拉

波浪宛若臂膀拥抱着戈拉，
他注视着静谧的星天。
蓝色的大海在脚下喧响着，
月光的清汁滴溅在水花上。
戈拉是一位诗人，
他握着绑了皮筋的木笔在泛黄的纸上飞快地写着。
“让我沉没，沉没，
沉没在午夜的黑暗深处。
不要抓紧我，大地啊，
从你泥土的牢笼里释放我，使我解脱。
繁星啊，请从遥远的高空守望着我。
虽然你们已因畅饮月光而沉醉不醒。
无边的苍穹啊，请你展开双翼紧紧环抱我。
让这里没有歌曲，

没有语言，没有声音，没有触抚，
也没有睡眠和苏醒。
只有迷人的月光，如一阵狂喜的晕眩，
笼罩着我，笼罩着夜空。
对于我，世界宛如一艘满载乘客的航船，
在遥远的碧空里逐渐消失。
船上的‘水手之歌’也渐渐微弱，
终于无声无息。
此刻，我自己正慢慢化作一个小颗粒，
融入漫漫长夜的怀抱里。”①
戈拉真挚地仰望着苍穹，

仰望着这迷人至极的夜晚。
他的笔缓缓停下了，
停泊在了这睡意如诗的海湾之夜。
此时，诗人的心早已飘浮在广阔的晴空。
周围的群山和丘陵静眠在海水之中，
只有轻流恬恬地淌泻。
“我没有黄金给你，亲爱的大自然。”
夜无声地低吟着，如同海波的碎语。
戈拉宁静地落在了轻盈的小船里，
落在了银宇母亲温柔的怀中……

① 泰戈尔作品，即戈拉所作。

温哥华

我喜欢自由，我是自由的囚徒。

想象着，想象着，
来到一座美静的都市；
微风拂过湛蓝的海面，
干涸的眸尽享着泉水般的霞光。
温哥华呵，我欢迎她在我的眼前表演。
我欢迎喜悦的心情涌灌全身，
和着她迷人的百合花似的白云。
那是我热爱的自由居住所，
我向往一种绿荫满地的宜人之境……

晨

当晨曦用富于灵感的手轻抚我欣喜的额头，
这座明亮的都会呵，
我将从恬静的梦中欢跃醒来。
我将迎着城市的阳光欢欣，
如同嫩蕊带来春天的兴奋。
这一个早晨，
我要沿着宽阔洁净的街道散步。
我要对地球上最美丽城市的每一束鲜花微笑。
因为加拿大朋友温和的心养育了她们，
我要用爱回报可爱的人。
我将沿着太平洋岸观察这个宁静的都市，
和天一般蔚蓝的高楼一起呼吸。
慢慢停下脚步，

我想在狮门桥下稍作驻足。
我欲欣赏那庄严的身姿环抱着温市两岸，
各色多彩的汽车在他背上穿驰而过。
温顺的洋流渐渐涌来，
怀着崇敬轻吻他伟岸的脚尖。
晨间的光华如昙花一现，
以清新的日光照耀着明丽的温哥华。
我愿这样花费即将逝去的她，
使感情缓缓升华至诗人之境。

午

太阳攀爬到天空之巅时，
我将骑着自行车去远足。
我要前往史丹利公园观光，
聆听大自然胸中的波涛。
那儿会开满月亮般柔和的小花迎接我，
就像接待尊贵的英王。
我会用真挚的手指触抚她们，
把这小小的爱赠与每一片花与叶。
艳丽的芳草真如海浪一般柔软，
我将扑向她的臂膀，
在所有美好事物的簇拥之中微微轻眠。
我会听见飞鸟的歌声在树中轻轻颤伏，
那话语真像摇篮里甜蜜的小曲；
我会听见溪水潺潺，

他也懒洋洋地享受着阳光；
清风热颂着伟大的造物主，
无限的光辉笼罩着大地。
夕阳垂近水面时，
我才往回骑行。

夜

月光笼罩着城市，

笼罩着我。

明朗的风在脚下盘旋着，

明丽的心情快乐着我的全身。

我极目远望，

极目寻觅着这个夜晚的风景：

我看见那些明亮的灯光逶迤不绝，

如同街头挂满了繁星。

暗色的绿地在夜幕压抑下渐渐沉落下去，

慵散地呼吸并熟睡。

幽蓝的海在远方轻吟着，

一种广远的宁谧在应运而生。

这，是温哥华的夜晚吧。

她会如河水那样安静恬美。
这，是加拿大的夜晚吧。
著名的水流环抱着都市微微睡去。
当我于临时筑起的暮歌台上俯瞰着她，
我的心中撞开了一阵小小的涟漪。
温哥华呵，这，可是我梦中见过的那抹云彩？

今天，我在高山与流水间穿行

今天，我在高山与流水间穿行。
我要做一个探索者，
我要畅饮大自然的泪水，
我要融入她宽厚而和暖之胸膛。
今天，我在森林与阳光间沐浴。
我要寻找神奇的闪光泉，
沾满星光的草叶，
和那些令人向往的美好的奇迹。
今天，我在茂盛的星天下轻睡。
我要听溪水奏响欢快的乐曲，
我要听失眠树叶彻夜的长谈，
我要看天空的眼睛是如何清爽与迷人。
我是一个年轻的梦想家，
这，是我的理想。
愿我的友人以真挚的手掌祝愿，

愿我的父母以炽热的拥抱称赞。
我是科学家般执着的青春，
我在探索美丽的大道上快乐地走着。
我爱大自然，所以我享受她给予的一切。
我爱大自然，所以我享受彩虹前激烈的雨露。
我爱大自然，所以我享受酝酿着曙光的黑夜。
大自然是一部永不停息的交响曲。
我有历史学家的睿智，我有诗人的想象，
我要把我看到的做成一首优美的乐章，告诉世界，
我，是最伟大的歌者。

你们所认知的世界

你们所认知的世界是喧嚣的城市和灰色的空气，
我所认知的世界是繁华的都会和耀眼的绿化。
你们所认知的乡村是贫瘠的荒地和朦胧的人烟，
我所认知的乡村是繁花似锦的平原和富足的笑脸。
你们所认知的海洋是诱人的石油和未知的岛屿，
我所认知的海洋是摇摇欲坠的星空和戈拉的纸船。
你们所认知的森林是如山的矿产和贪婪的木工，
我所认知的森林是潺潺流水和玻璃般明亮的瀑布。
你们所认知的高山是险峻的纹路和陡峭的石岩，
我所认知的高山是智者屹立于顶峰仰望苍穹。
你们所认知的黑夜是希望破灭，万物沉眠。
我所认知的黑夜是晨曦翘首以待着下一次觉醒，
是阳光之神从山谷吮吸着力量。
你们所认知的冬天是美丽败零，雪魔嗤笑。
我所认知的冬天是不忘春日的余香，
使她整日飘洒在我纯白的心中。

山高路长，怒流崎岖。

愿喧闹之路化平息，惊涛湮灭于青年的欢呼。

你们所认知的乌托邦是一个天大的笑话，

我所认知的乌托邦是一个稚嫩的态度，

一缕憧憬，一份纯真的记忆。

我所认知的世界是真理、光明和美善的感情。

穿越俄罗斯

俄罗斯的夜晚是那样静谧，
月亮驾驭着星车遨游在平原上空。
广袤的绿野，火苗般的城庄……
银白的云浪悠雅地划行着，
不时揉揉寒雾沁透的睡眼。

（一）

这是一个辽阔而苍茫的国度，
有浩大的草原和寒冷的河流；
这是一个白雾氤氲的国度，
有茂密的森林和无垠的原野。
当我于兴奋之时俯瞰，
我见到了稀疏的城镇和微小的灯火。
当我于夜云之间穿梭，
我见到了许多笼罩着冰雾的丛林，
和一些昏暗的小溪或是地图上的大流。

我也伸手可触皓月繁星，
我能贪婪享受平生之所未见的星天与
　我曾读过的静谧与舒朗。
这时，我就在一层轻飘飘的云上飘浮着……
我于静宁之天河中轻漾着，
缓缓潜入一个未曾涉及的梦。

（二）

现在我就在这个巨国的天空里飞翔着，
飞过西西伯利亚平原，
飞过雪橇与猎人热爱的地方。
她的衣帽如同盛年的颜色，
使人想到那些生动的历史。
她的地形是那样迷人，
以至于睡意袭来我也静静地观望。

叶尼塞河、额尔齐斯河……
我幻想他们是多么平缓潺动，
使人仿佛酣睡于木筏之上；
欧亚兄弟的乌拉尔山，
雄浑绮丽的高加索山……
我曾从这个国度最伟大作家的诗歌里
　读到他们是多么宏大有力与蓬勃生机；
新西伯利亚、叶卡捷琳堡，
还有那许多我未曾了解的城市
　也在漫长的黑夜里出现了，
使一片弥漫着清朗大气的苍穹垂落在我的眼前……

（三）

我所掠过的地理都是令人向往的天堂。
我爱那些潺潺流动的平原和广美的丘陵，
我爱他们湿润的寒雾和神秘的草叶。
然而当我翱翔在波罗的海湾的星天，
这宁谧与安详戛然静止。
于森林与海洋之间，

闪耀出一座古典艳丽的都会。
那是有着辉煌教堂的历史之城，
那是掌握沙皇权柄的京城，
那是俄罗斯的太阳升起的皇宫。
当我掠过并眺望她雄姿的时候，
我的心是那样激动与欣喜。
那些明亮的灯光堆砌着光辉与英雄，
使敬意油然而生。
而当回首观望她的时候，
那亮丽的一切缓缓消失，缓缓隐去。
再向着更加深沉的夜里飞去，
她祖邦的臂膀便缓缓松开了。

春之歌

我的朋友，让我们到碧青的田野之中远足，
让我们深入森林并倾听鸟鸣。
诗人借潺动的溪水歌唱花季，
你我用牧笛窃取笑容，
欢庆春之到来。
晨光散射，让我们躺在浮满金沫的草地上呼吸。
星落辉碎，化之为束束晨露。
灿烂的花杯托举着鲜酒，清香如叶，
野风将之吹进你我心中。

我的朋友，让我们像茉莉一样拥抱，
触及我们柔和的心灵。

充满生命的蕊互相拥吻，

犹如少年男女旺盛的爱情。

和风大笑着跑来，

使玫瑰的热唇仓促泻落；

又和善地，

让羞怯而优雅的涟漪浮出水面。

我的朋友，让我们充满热情，

使万物剧烈拥入心中。

大云般的羽翼翱翔在天，

你看到希望奔腾在路上。

青年追逐着河流赛跑，

快乐的歌声飘满天涯。

溪水的潺响从遥远的夜里传来，

如我们口中婉转的芦笛。

海上，浪涛翻涌，白鸥展梦。

霞光在屋后等待着睡眠，

等待着星孩嬉戏如欢乐雨点。

我的朋友，请走向她，
走向春之黄金门首。
那有的通向豪华的原野，
有的通向梦那般辽阔的海洋，
有的通向诗那样生动的草原；
有的通向繁雨多雷的热带地方，
有的通向雪山苍苍的中亚，
有的通向芬香四溢的花国。

要记住，记住我之歌曲。

那是流水般的画面，

那是开满全世界的青春韶华。

我歌颂的，

是人类艺术家永恒仰望的主题。

让我们在黄昏时分奏响笛声，

让我们面对星天，

融入无限之光。

—— 卷尾 ——

悄悄的流水喷泻着，
在这令人向往的王国与季节。
愿梦的翅膀永远陪伴着你我，
在暴风常起的尘世之殿。

图书在版编目(CIP)数据

田园晨歌/张梦薇著. —上海：东方出版中心，2016.1

ISBN 978-7-5473-0881-3

Ⅰ.①田… Ⅱ.①张… Ⅲ.①诗集-中国-当代 Ⅳ.①I227

中国版本图书馆 CIP 数据核字(2015)第 263196 号

田园晨歌

出版发行：东方出版中心
地　　址：上海市仙霞路 345 号
电　　话：(021)62417400
邮政编码：200336
经　　销：全国新华书店
印　　刷：昆山亭林印刷有限责任公司
开　　本：890×1240 毫米 1/32
字　　数：64 千字
印　　张：4.375
版　　次：2016 年 1 月第 1 版第 1 次印刷
ISBN 978-7-5473-0881-3
定　　价：25.00 元

东方出版中心邮购部 电话：(021)52069798